KB157532

쑥부쟁이꽃

김 복 희 시집

문학사계

머리말

　2012년에 처녀시집 『바람을 품은 숲』을 펴내었고, 2014년에 제2시집 『겨울 담쟁이』, 그리고 이번에 제3시집 『쑥부쟁이 꽃』(2016)을 펴내게 되었으니 2년 터울로 생산한 셈이다. 정말 시와 함께 치열하게 살아왔다.

　어깨를 편안히 기대며 50여년을 함께 살아온 그이가 투병생활을 하게 되면서 병원을 이웃집 문턱 드나들듯 할 때도 시가 힘이 되어주었다. 내가 홀로 서야 하는 겨울 담쟁이라면 시는 내가 타고 오르도록 지주가 되어주었다.

　그이가 오랜 투병생활 끝에 먼 길 떠날 때도 시는 나를 바로 세워 주었기에 나는 외롭지 않았다. 세월이 약이라고 하지만 가슴 속 밑바닥에 묻어둔 응어리들을 해가 가기 전에 풀고 싶었다. 생각 끝에 가벼운 마음으로 새봄을 맞고 싶어서 시보자기를 펼치게 되었다.

　그동안 시와 더불어 살아온 생활은 권태로운 일상에서 벗어날 수 있도록 자유의 날개를 다는 시간이었다. 산으로 들로 시를 찾아다닐 수 있어서 좋았다. 들에는 들꽃들이 산에는 맑은 공기가 마냥 유혹하여 나는 자유의 바람이 되어 자연 속에서 숨쉴 수가 있었다.

어쩌다 문득 그이 생각이 날 때면 가슴 깊은 곳에서 건져 올린 시어들을 차분히 갈무리하곤 했다. 가까이 있을 때는 보이지 않던 모습들이 멀리 떠나있으니 속마음을 읽을 수 있어 좀 더 살피지 못한 후회가 가슴을 옥죈다.

시와 더불어 나를 지켜주는 아들과 딸, 그리고 도솔천에 먼저 가서 편안히 쉬고 있을 그이에게 이 시집을 바친다.

2016년 11월 16일 초겨울에 김복희 적음

차 례

제1부 한모금의 희열

2부 쓸쓸함에 대하여

3부 끝없는 동행

4부 이삭줍기

제1부

한모금의 희열

설거지

생각의 때를 씻는다.

요리할 땐 콧노래 부르다가
허기를 채우고 나면
나른해지는 몸
삶의 무게만큼 무겁다.

산다는 건
빈 그릇 채우는 일이지만
살기위해 바둥바둥 실랑이하며
밥그릇에 덕지덕지 붙어있는 아집
박박 긁으면 아프다고 소리친다.

서로 물고 뜯는
권태로운 일상이 혼돈일지라도
묵묵히 흐르는 맑은 물로
생각의 때를 씻겨 내리면
눈물 속에 반짝이는 시
마음의 때를 벗기며 산다.

발

백담 계곡을 흐르는 물에
번뇌의 발을 살며시 담근다.

삶의 가시밭을 오르내리며
힘겨워 튕겨 나온 심줄
발등에 애련이 기어간다.

푸른 하늘에 흰구름 떠가듯
무심한 세월 속에 비틀린 발가락
팍팍한 삶을 증명하듯
바위처럼 굳어진 각질이 붙어있다.

휘모리장단 치며 흘러내린
얼음 같은 청정 물에
무거운 삶을 잠시 풀어 놓으면

새소리 바람소리 따라
깊은 깨우침이

발가락 끝에 전율로 흐르다가
굳었던 몸과 마음을 녹여 내린다.

잡초

보도 불룩 틈 사이를
비집고 올라온 명아주 풀

작열하는 태양 아래
목이 타들어가도
점점 더 깊이 뿌리내리고
모진 목숨 참아가며
우뚝 서서 버티고 있다

비바람도 두렵지 않고
거친 세상도 두렵지 않아
뽑아도 뽑아도 뽑히지 않는
민초들의 끈질긴 근성
밟으면 밟을수록 다시 일어선다.

치과에서

욕망이 고통을 부르는 가
살을 찢고 뼈를 뚫는 폭발음에
지진이 일어나고 체질이 풀어지고

뚫린 구멍을 허기로 채우며
나사가 조여지는 동안
딱딱하고 질긴 삶을 녹이느라
닳아진 뼈대는 신음소리를 내며
금속성 울음을 터뜨린다.

진동의 전율은 흐르는데
나를 일으켜 세우려는 몸부림
그 어둠 안에서 더욱 강렬하게
아픔을 품어 안으며
고통을 환희로 바꾸고 있다.

빈 공간

언제나 만지기만 하면
거뜬히 해내던 재능의 손
떠도는 칼바람을 밀어내지 못한 채
꽁꽁 얼어
그것들이 품어냈던 시간들을
물끄러미 바라본다.

빛이 차단된 창고에
냉동배아처럼 빼곡이 쌓인 기계들
자만했던 시간 속에 신음소리
심장 박동을 느리게 하지만

어둠이 짙어질수록
밝음이 멀지 않았기에 단호하게
지워지지 않는 것들을 하나둘 지우며
새롭게 원을 그려갈 공간,

문틈 사이로 밝은 햇살이 먼저 들어와
언 손을 녹이고 있다.

한모금의 희열

─애호박─

무거운 삶을 살짝 들어올리며
짬짬이 눈길을 주었더니
풀숲에서
포만한 웃음으로 동그란 얼굴을 내미네.

어둠속에 잠긴 지친 몸
밝음을 향해 몸부림치고 있을 때
살며시 안겨오는
신비한 우주의 선물,

인생의 여정에서
한모금의 희열은
비틀거리는 나를 바로 세우며
절망의 늪에서 건져 올려주네.

차돌

발길에 채이어도
부서지지 않는 단단한 돌

어미가 되면서
더욱 단단해지는가.

산다는 건 적응하는 일

눈물 콧물 다 쏟고
세파에 쓸리면서 권고해진 석질

노을빛 시려도
거듭나는 인생
발길에 차여도 서럽지 않다.

몽돌탑

제주 앞바다에
청동빛 소망들이 쌓여있다.

수평선에서
하얗게 밀려온 숨결이
연신 어루만져 맨발로 구르며
거친 물살 견뎌온 바다의 뼈,

한발 한발 층을 높이 올리며
하늘에 매달리는 간절한 바램

하늘 맞닿은 원형의 꿈
출렁이는 가슴 부풀어 오르는
밀려가고 밀려오는 세월 속에서
절규하는 손들이 합장을 한다.

붕어빵

남편은
시어머니의 붕어빵
아들은 내 붕어빵

좋은 점은 닮지 않고
나쁜 버릇만 닮아
남의 입살에 오르내린다.

붕어빵이란 단어는
아주 정겨워
길가에 붕어빵을 보면
나도 모르게 다가가서
한입 물고픈데

아버지의 붕어빵인 나는
누가 뭐라거나 말거나
풍류를 즐기며 쏘다닌다.

물김치

대지가
용광로처럼 달아오른 팔월에
열기를 식혀줄
물김치를 담근다.

텃밭에서 갓 뽑은 열무는
까칠한 성깔이 한목 하지만
찹쌀 풀을 쑤어 넣고 어루만지니
금세 보드라워지는 마음

갖은 양념에 열정을 쏟아
매운 삶을 함께 버무려 넣으면
분노처럼 끓어오르다 깊어지는
속정, 향긋하다.

잡고 싶고 놓고 싶은 갈등으로
부대끼는 삶의 열기 달아오를 때
해열제 열무 물김치 한 사발로
가슴속 열기를 식힌다.

산고 産苦*

복중에서 발길질하며
하루하루 언어가 쌓여 간다.

이상의 달이 차오르고
고뇌의 시름이 모여
점점 무거워지는 몸

통증으로 밤을 꼬박 새우기도하고
관계 속에서 받은 상처
아픔 풀어가며 희열도 느끼지만
두렵고 떨려온다.

공포 속에서
양수를 터트리며
아이를 세상에 내어놓아야 하는
두려움과 설레임,
하늘의 무지갯빛 혼란을 겪으며
두 번째 산고를 치른다.

아이가 세상에 선을 보이며
고통의 산맥에서 울음 터뜨렸지만
몸과 마음은 홀가분해져
고요함속에 엄마가 된다.

* 제2시집 「겨울 담쟁이」를 내면서

山行
—백록담에서—

꿈은 반드시 이루어진다기에
의식의 등불 켜고
오르고 싶었다.

말이 없는
산의 절경을 바라보며
오르는 길은 힘겨웠다.

누가 뭐라 해도
끊임없는 온도로
달려온 형극의 세월

후덕한 가슴으로 품어준
무한한 심연의 마그마
고요 속에 벅찬 환희를 맞는다.

그네

인생이란 그네타기 인가
쫓기듯 불안한 안개 속을 헤치며
올라갔다 내려오고 다시
하늘을 향해 솟구치는 욕망

꿈은 멀어만 가고
갈등의 연속인 생활 속에
버거운 시름
밀고 밀어 높이 높이
바람결에 날려 보내다보면

힘겨웠던 순간순간들이
멀리서 가까이서
구슬픈 가락이 사라지듯
허공에서 춤을 추며 날아간다.

치마폭에 나부끼며
하나 둘씩 뛰어내리는

권태와 우울,
바람 등에 업힌 나는 가벼워진다.

신록

새색시 청순한 햇살의 미소
수줍게 피어나는 연초록 잎새
우아한 치마폭이 풍윤하다.

소나기 한 차례 지나간 후
청사초롱 불 밝히며
신비롭게 뿜어내는 초록 물결

하늘 드높이 팔을 들어올리며
지친 나그네 쉬어가게 하는
후덕한 촌부의 숨결

세상바람 세차게 가지를 흔들어도
설레는 가슴 허공속에 꽃피울
희망의 불길 푸르게 당긴다.

무지개

날씨가 가물어
텃밭에 물을 주는데
뿜어 오른 분수 속에
무지개 뜬다.

씨 뿌리고 정성 들이면
주렁주렁 열매 맺고
광채를 내는 게 농작물인데

정성스레 글감을 모아
열정을 쏟아도
좀처럼 결실하지 못하는
빈 쭉정이 작품들

가도 가도 끝이 없는
문예의 가뭄 속에
나의 무지개는 언제 뜨려나.

길 찾기

젊었을 때는
나무그늘에 앉아
조용히 책 읽는 일이 꿈이었는데

방안 가득 책이 쌓여 있어도
눈에는 안개가 서려
먼 산만 바라보네.

책속에 길 찾는 일도 때가 있거늘
대들보가 못된다하여
등잔불속 심지만 태우듯 했는데

황혼 길에
길잃고 헤매는 곤충이 되어
책읽던 더듬이로
안개 속을 헤쳐 가는 중.

들기름을 짜면서

여름이 알을 배게 한
들깨 기름을 짭니다.

통통한 알갱이를 틀에 넣고
스위치를 누르면
기계가 돌아가는 동안

가뭄을 견뎌온 목숨들이
운명에 순응하며 치열하게
서로 부둥켜안고 돌면서
온몸이 부서져라
고소한 진액으로 삽니다.

헌신의 정신으로 살을 녹이고
아픔을 녹여서
깊고 넓은 마음으로
거치른 세상에 부글부글 끓는 속
알알이 모여 다스려 줍니다.

무화과

클레오파트라가 즐겨 먹었다는 열매
별 모양인 듯 입을 살짝 벌리면
순결한 속살이 발그레 미소를 짓는다.

사춘기소녀 초경을 지나
붉은빛 속에 꽃순들이 오골오골 박혀
설레며 부끄러워 톡톡 터지는 아픔
아픔과 희열의 빛살이다.

청자 빛 하늘에 맑은 숨결
은밀한 밀어 터지는 연민
아, 꽃이면서 열매!
청춘이면서 철없는 중년이다.

고구마

주방 구석진 공간 종이 상자 속에
작년부터 말라 가고 있었다.

물 한 방울 없이
쪼골쪼골한 몸에서
보랏빛 순들이 올라오고 있었다.

몸은 비록 왜소해지고
볼품없이 자글자글 삭아갈망정
생명의 끈 놓지 않고 봄을 기다린다며

돌산처럼
버티고 있는 은둔 도사
생명의 속살이 보인다.

딸

시아버님께서는
아들이 아니고 딸을 낳았다고
아침 드시던 수저를 내려놓으셨다.

그러나
딸을 낳아 놓고 울던 어미가
그 딸에 의해
행복감에 젖는 세상,

아들 낳았다고 사랑 받던 친구들
돈 내놓고 딸 자랑하라 성화인데

내게도
열 아들 부럽지 않는 딸 하나 있어
목에 힘주고
황혼길 걸어간다네.

한恨

춘삼월 호시절 봄언덕에서
쑥을 캐던 처녀들이
일본 순사에 끌려갔다.

죽지 못해
살아서 돌아왔는데
고향에 들어가지 못하고
미아리 눈물 고개에서
고향 바라보고 눈물짓다가
황혼이 짙어 갔다.

숨이 끊어지는 날
한마디
내 주머니에 지전이 있으니
태워서 고향 냇물에 뿌려주오.

자갈치 아지매

부산시장 한복판 자판위에
아귀를 닮은 자갈치 아지매
억척스럽게
튀어나온 눈과 큰 입으로
구수한 사투리를 얹어
"오이소, 보이소, 사이소 예─"하고
지나는 손님을 부른다.

한국전쟁 이후
허기진 삶의 자갈밭에 펼쳐진 장에는
깊은 수심 속에 허우적거리며
오직 살아남기 위해 몸부림치는
수많은 생선들 비린내를 풍긴다.

바닷바람에 주름살 늘어가도
부산을 주름잡는
아지매들의 흥정하는 소리로
골목마다 파도 드높다.
"오이소, 보이소, 사이소 예─"

제2부

쓸쓸함에 대하여

황혼 빛

눈을 뜨면
주방으로 엄습하는 그이
남자가 부엌에 들어오면
뭐가 떨어진다는데,

집안일에 무심하면서도
때로는
카레 떡볶기 콩졸임 부대찌게까지
못하는 요리가 없다.

천하일미 된장찌개는
내 손맛이 최고인데 그 맛까지
뚝배기에 담아 정식으로 끓인다며
공자에게 문자 쓴다.

한평생 술독에 빠져 살다가
사자를 보고서 정신이 드는지
남자요리사 뺨치는 덕분에
황혼빛이 저리도 고운가.

두레박

우물물 길어 올려
갈증을 풀고 싶은 날

가슴에 날아든 엽서
인생은 팔 할이 바람이라
돌아다닐 줄만 알다가도
한곳에 퍼 올리고 싶은 샘물

찜통더위로
만사는 무기력해지고
불쾌지수까지 높아
흐르지 못하고 갇히는 권태
물밑으로 가라앉으려할 때

철이 없게도
여름밤에 내려온 선녀가 되어
두레박타고 오르는 꿈을 꾼다.

호박죽

여름내 공들인 달덩이 호박으로
그이와 함께 죽을 쑵니다.

호박에 물을 붓고 휘젓는 동안
한 생이 출렁이며
세월의 앙금을 풀어헤치다가
함께 돌면서 밀착되어 갑니다.

주름이 자글자글 치열했던 삶이지만
품위를 지키려고
쓰디쓴 시간 속을 끓어오른 분노도
삭히고 터트리며

빛바랜 연정에 슬기를 담아
얽히고설킨 속을 노랗게 풀어서
세월의 단맛을 내어가고 있습니다.

산 사람

산을 오르다 보면
동행의 빈자리
가슴을 누른다.

천마산 인연으로
함께 걸어온 길
먼 산 노을빛이 서럽다.

젊음은 영원할거라고
주야를 넘나들며 오르던 열정
어디로 사라졌을까.

오늘도 하늘 높이 솟는 산
맑은 정기 애타게 그리며
떨리는 호흡을 당긴다.

잎 새

바람결에 그네를 타며
흔들거리는 목숨

화려했던 꽃잎은 떨어지고
풀벌레 소리만 자욱한 밤에

떠나고 남는 건
자기할 나름이라 했던가

되돌릴 수 없는
이승의 끝자락에서
참회로 안간힘을 써보지만

거센 바람이 불어닥치면
가지 끝에 매달린 가슴
창연한 숨결로 대롱거린다.

생일날 아침

생일날 아침
창가에 찾아와 축복해주는 새들 덕에
불어터진 누른 밥을 먹어도 좋다.

언제나 목이 말라
외로움과 그리움 사이를 방황하는 동안
욕망의 때를 벗기지 못하고
허기진 시간을 보내왔는데

어느 순간
노을에 물드는 하늘을 우러러보며
나를 얽어맨 경계에서 벗어나
아무것도 먹지 않아도 배가 부르다.

백지에 그림을 그리듯
찬란한 햇살아래 청정한 마음으로
텃밭에서 푸성귀를 만지며 만나는
우주 만물에게 감사의 미소를 보낸다.

가족 여행
—아버지의 존재—

허약해진 아버지를 위해
가족이 모처럼 여행을 떠났다.

통영항구에는
오밀 조밀 둘러쌓인 고깃배들 사이
듬직한 거북선이 전시되어 있었고
동피랑마을 언덕에는 화가들이 그려놓은
벽화가 잠시 쉬어가라 했다.

바다에서 갓 건져 올린 생선으로
한상 차려 놓고
돌도 씹어 삼킬 만큼 건강했던
아버지는 아무것도 넘기지를 못했다.

험난한 인생길에서
존재만으로 힘이 되는 아버지,
함께하는 순간이 행복한
마른 어깨위로
허허로운 노을이 감싸고 있었다.

병실에서

혈관이 터져서 선지피를 쏟더니
여러 개의 주사 줄을 사방에 걸고
생과 사를 오고가고 있었다.

하얀 시트위에서
아픔을 토해내는 소리 벼락처럼 들려도
옆 환자들은 퇴잔병처럼 잠만 자고 있었다.

창밖에서는
달님이 찾아와 기웃거려도
바라만 볼뿐 말이 없다.

생을 연결하면 목숨이 이어질까
내려앉은 가슴 달래고 달래며
창밖의 하늘에 빌고 빈다.

고무줄 같은 목숨 엿가락처럼 늘려 달라고.

장대비

중중환자 홀로 두고
외출하고 돌아오는 길
장대비가 종아리를 사정없이 후려친다.

마음 비빌곳 없어
이리 저리 쏘다니다
호되게 회초리 맞는다.

그래, 때려라
비난하며
질타하며
마음이 풀리도록

실컷 때리고 맞으면
부글부글 끓는 속 씻겨 내리겠다.

들깨모종

시름을 잊으려고
풀을 뽑고 흙을 뒤집어
들깨 모종을 하였다.

태양이 영글게 할
수많은 알갱이들을 생각하며
있는 힘을 다해 삽질을 하였다.

내 무게만큼 깊이
땅의 속살을 헤집는 일은
숨이 헉헉 막히고
땀이 비 오듯 쏟아져도 신나는 일,

부드러운 흙이 뿌리를 품는
모성에는
재생의 꿈이 있기에
전력을 다해 모종을 심었다.

시름이 땀으로 녹아내렸을까
맑은 바람이 내 가슴속에 들어
민들레처럼 하늘로 오른다.

병상 일기
−7월31일−

병실에 누워
몸을 움직이지 못하면서
스스로 일어나 화장실에 가려고
안간힘을 쓴다.

혼자서는 몸을 일으킬 수도
자리에서 일어설 수도 없는
절박한 손 바르르 떤다.

누워서 조용히 볼일을 보면
서로가 편안할 텐데
자신이 살아 있다는 꿈틀거림을
느끼고 싶은 것일까

통증을 무릎 쓰고 일어서려는 집념
접촉*하는 피부에서 피가 철철 흐른다.

* 간경화 환자는 멍도 잘 들고 상처도 잘 생기며 지혈도 되지 않는다.

마지막

마지막이라는 낱말은
별처럼 아스라하니 슬프다.

애써 태연하고 담담하게
웃는 표정을 짓지만

마지막이 될지도 모른다는
생각이 꼬리를 물고 물면

갑자기 주체할 수 없는 눈물이
그치지 않고 달빛처럼 서럽다.

누구나 한 번은 먼 곳으로
떠나가는 인생이지만

마지막이란 말은
가슴 떨리는 시한폭탄이라서…

글쓰기

삶과 죽음을 넘나드는 그이 곁에서
작아질 대로 작아진 나의 간을
의사들이 들었다 놓았다 한다.

쓰러지려 하다가 일어서고
일어서다가 다시 쓰러지는
등불도 가물거리고

나는
꺼져가는 등불 앞에서
무엇을 어떻게 해야 하나

현실과 이상 사이에서
촛불처럼 춤을 추다가
마침내 구세주의 손을 잡는다.

간병 일기

－2016년8월13일－

남편의 간병을 하면서
몸에 상처만 내놓고
앉으나 서나 졸고 있네.

통증으로 고통 받는 그 아픔
외면한 채
눈꺼풀이 세상을 닫으려 하네.

지금도
병원 앞 공원에서
삶의 끈을 부여잡고
어둠속을 헤매고 있을 그대
면회시간 기다리며
노숙자처럼 졸다가도
다시 깨어나는 허기,
이 세상 끝이라도 함께하려는가.

당신의 존재

파랑새는 날아갔는가.

마지막 눈을 감을 때
고통 받는 순간이 너무도 안쓰러워
삶의 끈을 놓아 편안하려니 했는데

절에서
일칠 제를 지내는데
안개가 앞을 가린다.

오랜 밤의 고통 끝에
불현 듯 사라진
내 어깨를 편안히 기댈 수 있었던
당신의 존재,

새털처럼 가벼워진 몸으로
푸른 하늘을 날아
어둠을 타고 멀리 사라졌기에

두려움과 허망함이
가슴 깊이 저며 오는 통증
온 몸에 온기가 사라진다.

홀로 빈 둥지에 드는 새

어스름이 내려앉는 시간이면
그대 곁에 달려가느라
종종걸음 치며 살던 삶이
갑자기 느슨해 졌다.

인생의 길동무 떠나고
가슴에 구멍이 뚫려
찬바람이 빠져나가는 가슴
퉁명스런 목소리 들리는 듯 마는 듯

기다림과 그리움 사이를
둥둥 떠다니는
당신의 그림자 자욱한 밤에
나는 대로를 서성이다가
부러진 날개를 접고
홀로 빈 둥지에 든다.

하얀 나비

텃밭에 들깨 꽃이
하얗게 피었다.

어디서 날아왔는지
하얀 나비가 꽃 위에
살포시 앉는다.

"여보!
당신이 곁에서 지켜주니
나 울지 않고 잘 있어요."

나비는
가슴에 고인 말을
무어라 중얼거리다가

멀리 멀리
푸른 하늘로 날아간다.

하늘공원에서

−억새꽃−

하늘 맞닿은 공원에서
하얀 손 흔들며 그대를 부른다.

생전에 쓴 소리 어디로 날아가고
다정하게 챙겨주던 기억만 남아
눈가에 이슬로 맺힌다.

앞일을 몰라
늘 살갑게 대해주지 못하고
쌀쌀맞고 외롭게 버려둔 시간들이
가슴에 비수처럼 꽂히는데

후회의 눈물이 물보라 날리듯
당신을 보내기 싫어 하얗게 지샌 밤
바람결에 서걱대는
떨리는 손 흔들어 당신을 불러본다.

쑥부쟁이꽃

초가을
황금들녘에 하늘거리는
청순한 꽃

어느 사랑의 혼불이기에
연보랏빛 얼굴에
미소 지으며
저리도 가녀리게 떨고 있는가.

나의 손가락 닮은 잎에서
짙은 향내가 난다
핏빛 놀이 부서진다.

쓸쓸함에 대하여

갑자기 세차게 불어온 바람이
마른 가지를 흔든다.

바람이 다녀가고 나면
나도 마지막 잎새처럼
떨어질 날을 기다린다.

넘치는 사랑도 족쇄라 여기고
바깥 새장을 바라보면서

훗날 혼자 남게 되면
구속에서 벗어나
마음대로 훨훨 날수 있겠다 여겼는데

스스로 날지 못하는
죽지 부러진 새가 되어
하루 이틀 사흘……
속절없는 날을 보낸다.

외출

그대의 빈자리
풀꽃으로 채우며 날개를 편다.

늘 그러했듯이 그대는
가녀린 숨결로
허공에 원을 그리며
가까이에서 멀리서 함께하기를 원했고
우리는 헤어져도
다시 만날 거라고 했다.

영롱한 이슬 머금고
먼 길 떠나면서
간절하게 속삭이듯 소곤거리던 뜻
깊은 어둠에서 건져
풀꽃 속에 가득 담아 허기를 채우며

천연 옷 챙겨 입고
자연으로 돌아간
그대를 만나러 길을 나선다.

향일암 풍경風磬

여명이 밝아오는
고즈넉한 산사를 깨우는 소리
뎅그랑 뎅그랑
청아한 소리가 번뇌를 깨운다.

구름에 가리워진 일출을
평생 보지 못하듯
발자취 또한 보이지 않는
찾아든 중생의 마음을 읽으며

텅 빈 속
안으로 품은 꿈 풀어 놓듯이
허공에서 길을 내는
지혜의 몸짓

처마끝
투명한 소리 한 몸에 지니고
절벽 아래 푸른 바다까지

우주를 품어 안은
깨침의 소리
해맑게 울리며
밝은 빛을 풀어 놓는다.

제3부

끝없는 동행

立春 숲

林立한 나무들이
오케스트라 연주를 한다.

까마귀는 까악까악
휫바람새는 휘르르 휘르르
새들은 노래하고
바람은 유혹의 춤을 춘다.

열린 생각으로
산골짜기 얼음 밑에 흐르는 물과
얼었던 나뭇가지 위에서
맑게 녹아내리는
영혼을 깨우는 소리

정답게 화음을 이루고
아픔을 감미롭게 어루만지며
우주와 화합을 한다.

어렵고 혼란스런 세상에
깊은 울림으로
환희 피어나는 숨결
고요하게 교향악을 연주한다.

군자란君子蘭 5

삶의 무게에 짓눌려
숨쉬기조차 힘들 때
심지를 곧게 세우며
눈부신 빛이 찾아왔네.

새로운 세상에 눈뜨듯
암흑의 터널을 벗어나
연두 빛 촉을 세우며
내게로 다가오네.

품격 있는 꽃봉오리
장엄하게 빛을 내며
병든 영혼을 깨우는
생명의 불꽃이라네.

봄비

하늘이 브래지어를 열면
메마른 대지에 은혜가 내리네.

천지간에 움츠리던 생명들
짓눌렸던 가슴 풀어헤치며
외출 준비를 한다네.

타는 목마름에
말없는 고통을 참이야 했던
위대한 어머니 품속에서
하나 둘 꿈을 부르는
빛 부신 세상 밖 동경이 열리네.

떨린 가슴 침묵을 깨는 생명수
공허한 어둠속 혼탁한 세상에
대기질 개선으로 재앙을 막으며
축복의 세상을 열어준다네.

꽃기린

목이 길어 아름다운가
침묵으로 사시장철
인생의 바람을 잠재우며
꽃등을 달아 기쁨을 주네.

붉은 볼에 엷은 햇살 머금고
움츠러드는 어둠을 헤치며
내면의 깊은 우울 감추면서
아픔을 토해내는 청아한 눈빛

누구에게나 사랑을 주고받으며
변함없는 지조로 향기 뿜어내는
가녀린 몸매에 화사한 웃음
우리 언니 미소를 닮았네.

천리향*

새색시 발그레한
수줍은 얼굴
닿을 듯 닿지못하는
설레는 가슴

그리워 그리워서
애태우는 목마름이
별처럼 멀기만 합니다.

겨우 내민 얼굴을
누가 볼까 부끄러워
바람 속에 몸을 숨기며

몽올몽올 피어나는
뜨거운 숨결
긴 기다림의 미소
당신께 날려 보냅니다.

멀리 있어 아름다운

꿈속의 사랑

은은한 향기 찾아

이 밤 천리를 달려갑니다.

* 꽃말: 꿈속의 사랑, 첫사랑

여행길

어둠의 공포를
설레임으로 바꾸며
나 홀로 길을 나섰다.

찬란한 아침 햇살에
스러지는 이슬처럼
맺혔다 사라지는 이야기들
두려움 밟으며 길을 걷는다.

걷다가 걷다가
머문 해운대 백사장
내 곁에서 소용돌이치다가
파도에 씻겨가는 아픈 세월들
나의 인생을 바라본다.

인생밭

삶의 자갈밭을 고른다.

논을 메운 밭이 점점 내려앉아
새 흙을 돋았더니 돌이 너무 많다.

거칠고 황폐한 밭에
가뭄까지 겹쳐
막막하고 고달파도 고르고 고른다.

작열하는 태양 아래 끊임없이
가꾸고 가꾸어도 거칠기만 한 생
잠시 포기할까 생각도 하였지만
나의 생애에 포기란 없다.

아무리 힘들어도
끈질기게 정진하다보니
제법 평평해진 인생밭
깨알 같은 꿈이 자라고 있다.

행운목 1

공기 정화를 위해
수면에서 자라던 나목을
화분에 옮겨 심었다.

허술한 나무가 관목이 되듯
메마른 가슴을 헤집고
지복至福이 찾아 왔는가.

막막한 행진에 지쳐서
내던져진 삶의 끝자락에서
움켜쥔 욕심을 내려놓으며
묵묵히 견뎌온 세월

오랜 침묵을 깨고
토막에서 꽃봉오리 올라와
함박웃음 터지더니
광명의 햇살이 집안 가득 하네.

행운목2

세월에 굳은 돌부처처럼
자애로운 미소를 머금은 채
꽃잎도 눈물을 흘리는가.

기다림은 그리움의 원천
바람 부는 벌판에 홀로 서서
가슴에 등불을 켜는 청초한 눈빛,

밤마다 향기를 풀며 다가오면
설레는 가슴 기대 부풀어
쇠진한 심신이 기력을 회복한다.

목베고니아*

천사의 날개처럼
활짝 펼친 잎 사이에서
수줍게 고개를 내미는
앵두빛 입술.

화려한 듯 아니한 듯
자그만 꽃 입술을
촉촉이 적시면서

그리움에 목이 타들어가도
단아한 모습으로
대하는 사람마다 반갑게
목례하며 감동을 주네.

아무리 버거운 삶이 찾아와도
달콤한 미소로 긴장을 풀어
고이 간직한 청정한 숨결
향기 가득 마음을 다독이네

* 꽃말: 친절, 정중

상추 겉절이

비 그치고 나면
텃밭에 가득한 생기
아우성치며 올라온다.

글로벌 성장 시대에
한 잎 따고나면
두 잎 내어주는 그녀

파란 숨결 짓밟으며
힘을 과시하는 세력들아

다소곳이 앉아 있다고
나를 물렁하게 보지마라

싱그러운 계절의 여왕이 되어
봄 입맛을 확 사로잡을 테니까.

열탕 안에서

세상에 이런 사랑 있을까

홀로 몸을 맡기면
텅 빈 가슴 어떻게 알았는지
불타는 노을이 되어 화끈하게 안아주네.

언제나 기다리던 연인처럼
쑥탕은 두 팔을 벌리고
지친 몸 어루만지며 은밀히 속삭이네.

분화구가 분출하여 마그마가 끓어오르듯
강렬하게 뿜어내는 열정에
타는 가슴 혼신이 녹아내리네.

골다공중 뼈 속까지 자근자근
깊은 속정 가득 담아
가슴을 채워 주는 짙은 애욕,

쌓인 번뇌 밀어내는 영혼을 위해
옥체만강하시라고 귀띔해 주는
세상에 이런 사랑 있을까.

몸에 맞지 않는 옷

몸에 맞지 않는 옷
입고 살다가
벗어 던지니 홀가분하다.

지탱할 수 없는 의지를 엮어
높이 날고 싶은 욕망까지도
짓눌려 지나는 동안
숨이 막히고 속이 타들어
지진과 여진에 가눌 수가 없다.

흔들리는 포기의 유혹
몸에 맞지 않아도 수선하여
끝까지 입고 싶었던 옷이지만
가슴애서 타버린 날개옷 벗어 놓고
좁은 보폭으로 하염없이
한 걸음 한 걸음 걷기만 한다.

고아 메론

여름이 갈 무렵 배나무 밑에서
보란 듯이 떡잎이 올라와
덩굴을 뻗으며 활짝 웃는다.

험한 세상 홀로 살길 막막해
안타까워 속을 태우는데
대견하게 존재감을 내세운다.

자그만해도 껍질이 단단하여
제법 탱글한 숨결
곧 허물어질 자존심 버티며
엷은 햇살에도 꿈을 놓지 않는다.

풍등

고래가 많이 잡힌다는
장승포항에서
소원을 빌어 올렸다.

세 사람이 한 조가 되어
조심스레 불을 밝히면
무수한 바람이 되어
창공을 일제히 오른다.

캄캄한 밤하늘에 끝없는 별처럼
반짝이는 영혼의 날개

가슴과 가슴으로 혼신을 다해
소망을 띄우면
의식을 깨워 한을 풀어 내리며
저 넓은 하늘 위를 호롱불이 떠간다.

갈대

늪지에서
늘 우수에 젖어있는 여인
때로는 맑아 보일 때도 있지만
흐린 날이 더 많다.

부모 사랑 남편 사랑 닿지 않아
허기에 허우적거리다가
기둥처럼 의지하던 자식마저
멀리 떠나보내고
대낮에도 질척이는 어둠속에 산다.

견딘다는 것은 뼈를 깎는 일
타는 목마름에
생기를 찾지 못한 채
애처러히 바람에 흔들린다.

살아도 살아도 바로서지 못하고
자꾸만 쓰러지는 위태로운 숨결

껍질을 끌어안고 속으로 떨면서
하얗게 야위어만 간다.

단호박

단호박 모종을 심어 놓고
들 고양이의 눈을 피해 보약까지 주었는데
넝쿨풀 등살에 기가 죽어
노란 얼굴이 사라져갔다.

이듬해 준비를 위해
넝쿨풀을 걷어 올리는데
정성을 외면하지 않았는가
노란 눈망울이 나를 보고 활짝 웃는다.

순간,
떠나간 님 다시 돌아온 듯하여
얼른 품에 안았다.

염치없는 인간들보다
진실한 그에게 감동을 하며
자연의 섭리에 빠져들고 있었다.

동반자

머리에 단풍이 들무렵
암 투병으로 고통을 받다가
허망하게 떠나간 사람

그는 통증에서 벗어나
자유로워지는 몸이지만
남은 사람은
빈자리를 무엇으로 채울까.

아픈 세월 견디며
함께 가고 싶었던 오솔길을
홀로 가는 외기러기
짙은 향내로
입가에 미소가 사라진다.

끝없는 동행

스마트폰을 갖으면
세상을 다 얻을 수 있다고
주변에서 유혹을 해도
나는 오직 폴더폰을 선호한다.

그 따스한 체온이
허기진 가슴에 위안을 주며
작은 품에 꼭 안겨 반짝반짝
나를 행복하게 해준다.

잠시만 떨어져 있어도
허전하고 애간장이 타서
정신없이 찾아 나서는 목마름

무너져 내릴 것 같은 삶속에서도
창조를 꿈꾸듯
아쉬움과 긴장 속에 포기하지 않고
그대만을 영원히 놓지 않으리.

겨울 안개 2

장막이 드리운 암흑세상
유리창을 아무리 닦아도
바다는 보이지 않았다.

온몸이 부서져라 일을 해도
흔적 없는 물결처럼 사라지고
어긋나는 기대

속내를 감춘 허공에서
꿈은 외롭게 둥둥 떠다니고

삶의 호흡이 멈출 것 같은
깊은 수렁에서
또다시 파도치는 칼바람에
늘 안개는 촛불처럼 흔들린다.

운문사의 가을

적요 속에 묻혀있는
고즈넉한 산사에
지는 낙엽들 침묵에 쌓인다.

붉은 열정 삭히며 찾아든 도량
학인 스님들 염불소리
나뭇잎과 함께 가을을 깊여간다.

어둠이 깔리면
따사로운 햇살을 대하듯
걷기 명상으로
살아온 날들을 되새김질 하는데

골짜기 흐르는 정갈한 물처럼
마음이 고요해지는 향기로운 산사
이곳에 있으면
말로는 형언할 수 없는 평온을 맞는다.

첫눈

얼굴에 달라붙는
기억의 조각들 저만치서
가슴을 두근거리게 한다.

수줍음 감추고 걸어가면
심장 뛰는소리 들리는
덕수궁 돌담길……

잊었는가 싶으면 찾아오는
추억의 하얀 날개
사뿐히 날리는 저녁 한 나절.

오진

병원에서 진료 후 사형선거를 받고 나오는데 하늘이 노랗고 눈에서 소나기가 쏟아졌다 정신없이 걷다보니 홍국사 약사여래불, 밤하늘에 별은 반짝이는데 나는 왜 형벌을 받아야하느냐 따져 묻고 싶었지만 지은 업보 탓이라고 호통 치실까 두려워 그냥 돌아와서 몇날 며칠을 잠을 이루지 못하고 밤을 후벼 파고 있을 때 양쪽 방에서 시어머니와 남편의 코고는 소리가 광음으로 요동을 친다 가족이 남보다 못하다는 생각에 분노는 끓어오르고 꿈을 놓고 떠나야하는 신세가 서러워 매일 밤 사경을 헤매다가 보름 후에 병원에 가서 다시 CT를 찍고 나니 폐암이 아니란다 순간 의사의 따귀를 후려칠까 손을 들어 올리다가 살수있다는 안도감에 감사의 마음으로 손을 내렸다.

제4부

이삭줍기

이삭줍기

추수가 끝난 논바닥에서
기러기 떼 모여 먹이를 찾듯

낭송회가 끝나고 선생님들과 찻집에서
대화 속에서 이삭을 하나 둘 줍는다.

씨알은 호주머니에서
암흑을 견디다가 모두 방아에 찧어져

오래오래 죽을 끓여 그릇에 담으니
의젓한 시 한 편이 탄생되었다.

호박순

아무리 정성을 들여도
유월 가뭄 모종은
비실비실
노랗게 말라가고 있다.

아픈 자식 지켜보듯
안타까워
시름이 깊어갈 무렵
팔을 쭉 뻗으며 꽃등을 달아
마음을 환히 밝힌다.

눈물 같은 이슬로
생명줄 잡고
메마른 자갈밭에서
몸부림치다가 얻은 희열
풋풋한 꿈이 주렁주렁 열린다.

염주반지

영영 잃어버린 줄 알았는데
구사일생으로 살아오다니
환호의 등불을 켜 들었지.

언제나
손가락에 끼고 의지하며
연꽃문향 돌리며 살았는데
어느 날 문득 보이지 않았지.

허탈감과 배신감으로
거친 숨결 몰아쉬며
허허로운 가슴을
깊이 파고 있을 때

샤워실 구석에서
화신불처럼 빛을 내는 등불,
마음 창이 열리며
가슴에 희망을 안겨주었지.

맷돌호박

올해는 유난히 가물어
호박이 열렸다 떨어지고
또 열렸다가 쪼그라들어
실망을 하면서도 정성을 다하였다.

지성이면 감천이라 했던가
풀숲 어둠속에서
가부좌를 틀고 앉아
참선하는 감격의 순간이 보인다.

메마른 세상에서도
아랑곳하지 않고
의젓하게 제자리 지키는 대담함에
세상사는 이치를 배운다.

살구나무

찔레순 꺾어 먹던
산골 마을 밭둑에
오래된 살구나무 한 그루

유월이면
동네 사람들 군침 흘리며
너도나도 주변을 맴돌았지.

농촌 생활 낯설어
호미자루 내던질 때
새콤달콤한 맛으로
내 마음 잡아주었던

먹어도 먹어도 질리지 않는
야릇한 그 맛
그 맛을 찾아 시를 쓴다.

콩
—콩국—

척박한 환경에서
무엇에도 굴하지 않고
자라난 꿈
무더위에 활기를 북돋우네.

지난해 콩밭에서
독을 품고 내미는 뱀의 혀같이
뻗어오는 칡넝쿨도
고라니의 얄미운 습격에도
자연의 기운 받아
침묵으로
당당히 물리치고 얻은 결실

맷돌에 갈아 보자기에 짜내어
한 대접 마시면
고단백 젖줄이
시원하게 갈증을 풀어
혼탁한 세상 시름 잊게 한다.

건망증 2

외출할 때마다 묘하게
사라지는 교통카드
꼭꼭 숨어서 보이지 않는다.

옷이며 가방, 책갈피까지
허둥지둥 맴돌다 보면
삭아가는 두려움에서일까
온몸이 달아오르며
등에서 식은땀이 난다.

신호등만 깜박이는 적막 속에
심장의 파도소리 들으며
사그러드는 저녁 노을
나의 가을이 깊어만 간다.

애물단지

학교를 다닐 때는
공부는 마다하고
발명품 만들기만 즐기더니

퇴근 후 돌아오면
컴퓨터 게임으로
단잠을 쫓는다.

잘되면 저 잘났고
못되면 조상의 탓

부모 애타는 줄 모르고
천하태평하게
친구들과 외박하며
전화 한통 없는 애물

초등시절부터 따르던
여자들, 어디로 갔기에

아직도 부모 곁에서
애물단지 되는가.

화련* 바닷가에서

이층버스를 타고 이동하는 중
스님과 도반들이 바닷가에 내려가
잠시 동심에 젖어 물에 발을 담갔다.

갑자기 파도가 먹이라도 본 듯
나를 삼키려 달려들었다
서둘러 나오는데
벗어둔 신발 한 짝이 보이지 않았다.

보슬비는 보슬보슬
어스름이 내리는 시간
신발을 찾겠다고 파도 속으로 들어갔다.

도반들은 비명을 지르는데
내가 신발을 잡는 순간
세상을 다 거머쥔 것 같은 느낌이었다.

* 화련-대만의 대리석이 많이 나는 협곡

해넘이

초겨울 부실한 체력으로
눈 오고 바람 부는 날
'건봉사*'로 철야기도를 떠났다.

가족도 나도 불안했지만
포기할 줄 모르는 집념이
몸을 더 혹사시켰다.

영하 18도의 칼바람을 맞으며
'등공대*'를 오를 때
왼쪽 가슴이 답답하면서
강풍에 몸이 휘청이기도 했다.

도반들과 함께 한발 한발 오르며
목적지에 도달하고나니
서녘 하늘의 붉은 햇덩이가
설산을 물들이며 가슴에 묻힌다.

* 건봉사―강원도 고성군 거진읍에 위치한 부처님 치아사리를 봉안한 사찰
* 등공대―해탈의 길

망우역에서

망우역에서
경춘선으로 갈아타려고
긴 의자에 앉아 수다를 떨다가
바쁘게 전철에 올랐다.

"아, 내 핸드폰"
다시 거슬러 전역 그 자리에 왔지만
그 녀석은 주인을 기다리지 않고
바람처럼 사라졌다.

적막강산에 떨다가
추스려 돌아서는데
"아주머니 핸드폰 잃으셨죠" 하는
반가운 안내원의 목소리,

떠나려다 돌아온 스마트폰
친구는 CCTV.

오버 센스

갑자기 기쁜 일이나
사건이 생기면
앞서 나가는 버릇
누구도 못 말린다.

요리조리 따짐 없이
생각의 생각이
휘황찬란하다가
장막이 드리워지면
나락으로 떨어지는
잎새 되어 구른다.

느낌이 모두 맞는 것은 아니지만
배려 없는 지나침이
혼탁하기 그지없어
멸시와 자만을 아우르며
고뇌하는 착각
환상속의 집착을 내려놓으며
염파(念波)를 잡도리하면 어떨까.

쉼표

사막에 오아시스를
찾아가다가
갑자기 길을 잃었다.

온종일 헤매었지만
방향을 찾지 못한 채
어둠이 감겨오는
막막하기만 한 지금

달려도 달리도 멀기만 한 길
업보를 달게 받으며
침묵의 여백으로
쉬어가는 슬기를 배운다.

쪽지

시를 찾아다니며 쌓이는 쪽지들
소망의 끈을 놓지 못하고
외출 후에 주머니에서 쏟아낸다.

이 세상 하직하기 전에
좋은 시 한 편
쓰기 위하여
욕심껏 주워 모은 이삭들 속에

빈 가슴 채워줄
야무진 시구 하나
숨어있지 않을까 하여
밤새도록 뒤적여보는 쪽지 위에서
시의 생명이 꿈틀거린다.

말버릇

처음 얘기할 때는 다소곳하다가
조금만 친숙해지면
말끝을 흐리고 속도를 내는 버릇

가까워질수록 예의를 지켜야 하거늘
짧은 시간에 많은 말을 하고 싶은
과잉된 의식의 폭발인가

상대와의 관계에서
기쁨을 주려다 튕겨지는
이 허탈을 어찌해야 하나
악습으로 업보를 쌓지 말고
훈김어린 말씨로 미소를 짓는다면.

늦둥이 호박

가을바람을 타고 와서
꿀벌이 몰래 주고 간 선물
기쁨대신 걱정이 앞서는데

허허로운 들녘에서
우주를 품어 안으며
동그란 꿈을 키우고 있네.

무서리 내리면 대수일까
우박이 쏟아진들 두려울까.

비바람 속에서도 반질반질
윤기 있는 몸매 뽐내며
밭이랑 타고 오는
엷은 햇살을 아껴 먹고 사네.

월미도 갈매기

비너스유람선에서는
흥겨운 음악이 넘실거리고
갈매기들은
새우깡을 향해 교태를 부린다.

경쟁은 묘기로 요동치며
서로 쟁탈전을 벌이는 액션

바닷물에 떨어진 새우깡을 물고
수면을 오르는 재치도 보이다가
허공에서
꺾은 날개 다시 펴며 유희도 한다.

줄기차게 비행을 하며
유람선을 따르는 갈매기 날갯짓에
어른 아이 할 것 없이 환호하며
생동감 있는 율동에 빠져들고
모두가 하나 되어 하늘을 날아간다.

고풍스럽게

한때는 하늘을 날듯
롱코트 차림으로
눈 쌓인 길을 사뿐히 걷거나
거리를 누빈 시절이 있었다.

강산이 여러번 변하고
외로움의 긴 터널을 지나
다시 길을 나섰다.

상쾌한 마음으로
산사를 찾아갈 때나
달빛아래 탑돌이를 할 때도
스며드는 칼바람을 밀어내며
찌르는 아픔을 감싸주던
긴 날개자락

한 발 한 발 걸을 때마다
자르르 휘어져 내리는

고풍스러운 멋에 취해
눈 위를 사뿐히 날고 있다.

늙은 호박

호박꼬지 떡을 하려고
연꽃잎처럼 골이 곱게 난
맷돌 호박을 반으로 자르니
속살이 감격의 노을빛이다.

철부지 애호박이 굽이굽이
세월의 고개를 넘어
비바람과 열기를 견디면서
이렇게 황홀한 빛을 내는가.

속살 속에 삶을 말해주는
실타래까지 가지런히 놓여있어
감인지 호박인지 분간이 어려운
식문화 삼매경

우리도 호박 결처럼
해묵은 세월을 음미하며
인생을 잘 익혀 가야 하리.

사랑초*

앙증맞은 귀염둥이
피고 지고 다시 피고 지고

당신과 함께라면
천수를 누릴 수 있다기에
그윽한 눈망울로
매서운 칼바람도 이겨 낸다.

하트모양 잎새에 사랑을 엮어
뜨겁게 밀착하며

그 사랑 시들어 사라진다 해도
난 당신을 떠나지 않을 래요.

* 꽃말—당신을 버리지 않을 래요.

어머니 초상화

─'변월룡 회고전'에서─

둘째 아들 세르케이의 화실 정면 벽 중앙에 지금도 걸려 있는 어머니 초상화는 머리카락이 하얗게 센 여인이 허리를 약간 구부정하게 굽히고 서서 손을 포개고 있는데, 하얀 무명저고리에 검은 치마를 입은 얼굴은 온갖 세파를 다 이겨낸 후의 평온한 모습으로 다가온다.

비정한 시대에 유복자로 태어난 변월룡 화가는 할아버지의 사랑으로 꿈을 키웠고 어머니 곁에서 험난한 역경을 이기기 위해 그림에 혼신을 쏟아 부었다. 모진 세월을 살아온 어머니의 삶은 얼마나 혹독했을까. 아름다운 심연에서 우러나오는 듬직한 모습이 아들을 거장으로 키우시고도 남음이 있어 가슴으로 전율이 흐른다.

나이 들고 심신이 허약해질 때 고향을 그리워하듯 돌아가신 지 40년이 지난 후에 어머니 초상화를 그린 그는 유랑촌의 버거운 어머니와의 삶을 그리워하며 빈 하늘에 맨살로 영혼을 빚듯 아침의 나라 소나무의 기상을 닮아 하늘로 하늘로 만세를 부른다.

작품해설

세심천의 차돌

−날개 접고 둥지에 드는 새−

黃松文

(시인, 선문대 명예교수)

문학을 가리켜 인생탐구라고 한다. 천하에 없는 글을 쓴다 할지라도 결국은 인간의 문제에 귀착되기 때문이다. 김복희 시인의 시 세계 역시 여기에 귀착된다.

김복희 시인은 요즈음 남편을 잃었다. 오랜 병간호 끝에 영결종천永訣終天을 하고야 만 것이다. 그래서 그의 시는 창연하다. 병상일기도 그렇고, 잠시 동안의 외출도 그렇다.

그의 시는 생사의 문제를 넘나들기 때문에 진지하고 흩어짐이 없다. 흥기의 바람이 안존으로 잦아들기 때문이다.

마지막이라는 낱말은
별처럼 아스라하니 슬프다.

애써 태연하고 담담하게
웃는 표정을 짓지만

마지막이 될지도 모른다는
생각이 꼬리를 물고 물면

갑자기 주체할 수 없는 눈물이
그치지 않고 달빛처럼 서럽다.

누구나 한 번은 먼 곳으로
떠나가는 인생이지만

마지막이란 말은
가슴 떨리는 시한폭탄이라서…

ㅡ「마지막」전문

　이 시는 남편과 마지막이 될지도 모른다는 여성의 불안심리가
짙게 나타나 있다. 그 '마지막'이라는 낱말이 지니는 절실함이 가
슴까지 떨리게 한다.
　김복희 시인은 오랜 병간호로 인해서 지칠 때면 스스로 추스르
기 위해서 외출을 한다. 그의 외출은 주로 글쓰기와 관련된 외출
이다. 자연과의 만남도 그와 연관선상에서 크게 벗어나지 않는다.

무거운 삶을 살짝 들어올리며
짬짬이 눈길을 주었더니
풀숲에서
포만한 웃음으로 동그란 얼굴을 내미네.

어둠속에 잠긴 지친 몸
밝음을 향해 몸부림치고 있을 때
살며시 안겨오는
신비한 우주의 선물,

인생의 여정에서
한모금의 희열은
비틀거리는 나를 바로 세우며
절망의 늪에서 건져 올려주네.

－「한모금의 희열」 전문

'애호박'이라는 부제가 붙은 작품이다. 이 시인은 남편의 병실을 벗어나 밭에 와있다. 여기에서 우리가 놓쳐서는 안 될 것은 주체와 대상 사이의 상사성相似性이다. 김복희 시인이 발견한 애호박은 풀숲에 가리어진 상태에 있었다.

그런데 그 사물을 발견하고 바라보는 김복희 시인은 이미 "어둠 속에 잠긴 지친 몸" 상태에 있었다. 밝음을 향해 향일向日하는 것은 김복희 시인이나 애호박이나 마찬가지다. 이 시인은 애호박을 "신비한 우주의 선물"로 받아들이며 표현한다.

일상의 실용적 언어와 신비적 시어詩語의 차이가 여기에서 가름된다. 3연은 이 시의 주제의식을 단적으로 드러내고 있다. "인생의 여정에서/ 한모금의 희열은/ 비틀거리는 나를 바로 세우며/ 절망의 늪에서 건져 올려주네."라는 표현이 바로 그것이다.

삶과 죽음을 넘나드는 그이 곁에서
작아질 대로 작아진 나의 간을
의사들이 들었다 놓았다 한다.

쓰러지려 하다가 일어서고
일어서다가 다시 쓰러지는
등불도 가물거리고

나는
꺼져가는 등불 앞에서
무엇을 어떻게 해야 하나

현실과 이상 사이에서
촛불처럼 춤을 추다가
마침내 구세주의 손을 잡는다.

　　　　　　　　　　　　－「글쓰기」 전문

　이 시(글쓰기)는 신의 구원섭리와도 같은 성격의 것이다. "삶과 죽음을 넘나드는 그이 곁에서/ 작아질 대로 작아진 나의 간을/ 의사들이 들었다 놓았다 한다."는 표현은 절실하면서도 실감나게 한다. 이 시인은 자신의 무능함을 탄식하면서도 마치 굴광성 식물처럼 한줄기 빛을 향하여 신에게 매달리고 있다. "구세주의 손을 잡는다."는 표현이 바로 그것이다.

　김복희 시인은 「빈 공간」이라는 시에서도 "문틈 사이로 밝은 햇살이 먼저 들어와 언 손을 녹이고 있다."고 표현한다. 풀잎에 가려진 채 햇빛을 찾아 뻗어나가는 애호박줄기의 향양성向陽性에 궤를 같이 하는 발성이다.

생각의 때를 씻는다.

요리할 땐 콧노래 부르다가
허기를 채우고 나면
나른해지는 몸
삶의 무게만큼 무겁다.

산다는 건
빈 그릇 채우는 일이지만
살기위해 바둥바둥 실랑이하며
밥그릇에 덕지덕지 붙어있는 아집
박박 긁으면 아프다고 소리친다.

서로 물고 뜯는
권태로운 일상이 혼돈일지라도
묵묵히 흐르는 맑은 물로
생각의 때를 씻겨 내리면
눈물 속에 반짝이는 시
마음의 때를 벗기며 산다.

—「설거지」전문

아무리 어려운 상황에서도 좌절하지 않고 다시 일어나 솟으려는 흥기興起의 신명이 작용하고 있음을 감지하게 하는 작품이다. 여기에는 깨끗하고 아름답게 살고자 하는 청결의지라든지, 낙천적인 심성이 작용하고 있음을 알 수 있다. 여기에서도 마지막 결말에서 주제의식이 강하게 내비치고 있다.

"묵묵히 흐르는 맑은 물로/ 생각의 때를 씻겨 내리면/ 눈물 속에

반짝이는 시/ 마음의 때를 벗기며 산다."가 바로 그것이다. 이 시
인은 시작품을 통해서 차돌처럼 단단해지고자하는 의지를 내비
치고 있다.

　　　발길에 채이어도
　　　부서지지 않는 단단한 돌

　　　어미가 되면서
　　　더욱 단단해지는가.

　　　산다는 건 적응하는 일
　　　눈물 콧물 다 쏟고
　　　세파에 쓸리면서 견고해진 석질

　　　노을빛 시려도
　　　거듭나는 인생
　　　발길에 차여도 서럽지 않다.

　　　　　　　　　　　　　　　　　－「차돌」 전문

　　　어스름이 내려앉는 시간이면
　　　그대 곁에 달려가느라
　　　종종걸음 치며 살던 삶이
　　　갑자기 느슨해 졌다.

　　　인생의 길동무 떠나고
　　　가슴에 구멍이 뚫려
　　　찬바람이 빠져나가는 가슴

퉁명스런 목소리 들리는 듯 마는 듯

기다림과 그리움 사이를
둥둥 떠다니는
당신의 그림자 자욱한 밤에
나는 대로를 서성이다가
부러진 날개를 접고
홀로 빈 둥지에 든다.
　　　　　　　　　　　　　 —「홀로 빈 둥지에 드는 새」 전문

　여기에서도 3연 결말이 주목된다. "기다림과 그리움 사이를/ 둥둥 떠다니는/ 당신의 그림자 자욱한 밤에/ 나는 대로를 서성이다가/ 부러진 날개를 접고/ 홀로 빈 둥지에 든다."는 「홀로 빈 둥지에 드는 새」에서 남편과의 영이별 후의 적막강산의 뼈저린 고독이 여실히 나타나 있다.

　여기에 나오는 새는 시인 자신을 의미한다. 그 새는 언제나 초조한 새였다. 병실에서도 자택에서도 초조했고, 외출 시에도 초조했다. 병원이나 자택에 심하게 앓고 있는 짝이 있기 때문이다.

　그 새의 숨구멍이라고 할까 탈출구는 시였다. 시는 남편 이외의 또 하나의 인생의 길동무였다. 시가 가까이 없었다면 그는 초조한 나날을 어떻게 보내었을까. 이상과 현실의 간격을 좁히고자 하는 그 새는 촌음이라도 틈만 나면 자유롭게 편력하고자 했다.

　그러면서도 그는 차돌처럼 단단해지고 싶어 했다. 그렇게 하지 않고서는 존재하기 어렵기 때문이다. 그에게는 존재하기 위한 존재의 힘이 필요했던 것이다. 그는 그 근원적 에너지를 종교와 문학에서 섭취하며 살아왔다. 따라서 그의 풍향은 세심천洗心川에서 마음을 씻고 정화를 꾀하는 의지의 승화를 보이고 있다.

종교와 문학, 세심천에서 다듬어지며 단단해진 차돌이 김복희 시인의 원망願望의 시공간時空間이라 하겠다. 세심천의 차돌, 맑은 소리가 영속되기를 바란다.

■ 김복희 金福姬

서울 출생.
한국방송통신대학교 국어국문학과, 중어중문학과 졸업
창작21신인상, 문학사계 신인상 등단
한국문인협회 회원, 김포문인협회 이사
한국육필문학회 감사, 문학의집 서울회원
광화문사랑방시낭송회 회원, 동화구연 지도자
제25회 경기도문학상 (공로상) 수상
시집『바람을 품은 숲』,『겨울 담쟁이』,『쑥부쟁이꽃』
공저『사금처럼 빛나는』,『저마다 목소리는 강물따라』발행.
E-mail : kbh519@hanmail.net

쑥부쟁이꽃

초판 1쇄 인쇄일	2016년 12월 16일
초판 1쇄 발행일	2016년 12월 21일

지은이	김복회
펴낸이	황송문
편집장	김효은
편집 · 디자인	우정민 박재원 백지윤
마케팅	정찬용 정구형 정진이
영업관리	한선희 이선건 최인호 최소영
책임편집	백지윤
인쇄처	국학인쇄사
펴낸곳	문학사계
배포처	국학자료원 새미(주)

등록일 2005 03 15 제25100-2005-000008호
서울특별시 강동구 성안로 13 (성내동, 현영빌딩 2층)
Tel 442-4623 Fax 6499-3082
www.kookhak.co.kr
kookhak2001@hanmail.net

ISBN	978-89-93768-45-9 *03810
가격	9,000원

* 저자와의 협의하에 인지는 생략합니다.
　잘못된 책은 구입하신 곳에서 교환하여 드립니다.
* 이 도서의 국립중앙도서관 출판예정도서목록(CIP)은 서지정보유통지원시스템 홈페이지(http://seoji.nl.go.kr)와 국
　가자료공동목록시스템(http://www.nl.go.kr/kolisnet)에서 이용하실 수 있습니다.(CIP제어번호: CIP2016029951)